Jochen Till · Dominik Rupp

FREYA

und die Furchtlosen

Auf ins Gefecht!

LOEWE WOW!

LAAA

AAAND IN SICHT!

Endlich!

Ist es bewohnt?

Ja, da ist
eine Siedlung!

Sehr gut.

Ihr wisst, was das bedeutet, Männer?

Wir können endlich wieder Sandburgen bauen!
Äh ...
Keine Ahnung, Chef.
Öh ...

Ein kleiner Tipp vielleicht?
Ich muss mal.

KLATSCH!
Odin, hilf!

Habt ihr vergessen, wer wir sind?

Ich bin Ragnar, der Großartige. Das vergesse ich nie.
RAGNAR
Interessante Frage. Wer sind wir eigentlich in Odins flachem Weltgefüge?
Wie wäre es mit Namensschildchen? Dann vergisst niemand mehr, wer er ist.
Also, ich bin jemand, der dringend mal muss.
LASSE

Wo ist Thors Hammer,
wenn man ihn mal braucht?

Zur gleichen Zeit in Asgard ...
THOR
Gute Frage.
Wo ist eigentlich mein Hammer?
FRIGGA

Vergiss die Walhalla-Nüsschen nicht, Schnuppi!
Jetzt setz dich endlich, es hat schon angefangen.
ODIN
LOKI

Können wir nicht was anderes gucken?
Nein, die sind neu, ich will das sehen.
Ich auch.
Die sehen niedlich aus.

AUA?
Du spinnst wohl!
Niedlich?
Das sind Wikinger!

Na und?
Du bist auch niedlich.
Manchmal.
Ruhe jetzt!
Es geht weiter.

WIKINGER!

WIR SIND WIKINGER!

Ach ja, Wikinger, das war's.
Stimmt.
Heinar hat recht.
Das wusste ich!

UND WAS MACHEN
SIE EINE SIEDLUN

WIKINGER, WENN
ENTDECKEN?

Richtig, Ragnar!

Wir rauben und plündern
und brandschatzen und bringen alle um!
Und warum machen wir das?

WEIL WIR ES KÖNNEN!

SO IST ES! WEIL WIR FURCHTBAR SCHRECKLICHE, UNGLAUBLICH GRAUSAME UND UNBEZWINGBAR STARKE WIKINGER SIND, DIE VOR NICHTS UND NIEMANDEM ANGST HABEN! UND GENAU DESHALB NENNT MAN UNS AUCH ...

DIE FURCHTL

OSEN!

Bei Odin,
das sind
wir!

Auf ins Gefecht!
Volle Fahrt voraus!

Das geht so nicht.

Ihr müsst euch anders verteilen.

Nicht so. Anders.

Na also, geht doch.

Du könntest uns ruhig helfen, Bragi.
Aber dann werden meine Schuhe nass.
Deine Schuhe werden nass?
Das ist nicht dein Ernst, oder?
Doch.
Und die Socken auch. Das ist sehr unangenehm.
Soll ich dich vielleicht tragen?

So, Männer!
Seid ihr bereit für unseren ersten glorreichen Raubzug?

Moment noch!
Ich muss mal!

Keine Hektik!
Ich muss noch das Boot abschließen!

So kommen wir
nie nach Walhalla.

Dort oben warten Ruhm
und Ehre auf uns!
Wollt ihr lieber hier
am Strand herumtrödeln
oder Odin stolz machen?

GROOO
FÜR ODIN!!

ATTACKE!

JA, ENDLICH! ATTACKE! FÜR ODIN! ÄH ... FÜR MICH!
Müssen die eigentlich immer so schreien?
Mama! Thor ärgert mich!
Gar nicht. Das macht Mjölnir von ganz allein.

Loki! Hör sofort damit auf, Thors Hammer mit deinen fettigen Haaren schmutzig zu machen!

Habt ihr's dann?
Jetzt wird's endlich spannend!

Mist.
Wie kommen wir da rein?

Ich hab doch gesagt, wir sollten einen Rammbock mitnehmen.
Ich habe eine Idee!

Hallo?

Ich bitte vielmals um Verzeihung für die Störung!
Wir sind Wikinger und haben eine sehr lange Reise hinter uns!
Wir möchten euch bitte schön ausrauben, eure Häuser abfackeln und euch alle umbringen, wenn's recht ist!
Dafür müssten wir allerdings reinkommen!
Könnte mal bitte jemand so freundlich sein und kurz das Tor aufmachen?

Mit ein bisschen Höflichkeit kommt man immer weiter.
Z z z Z z

Ich habe mal gehört, dass man verschlossene Türen mit einem Dietrich knacken kann.
ZWIRBEL

Haben wir einen Dietrich?

Keine Sorge, Dietrich.
Das tut nur ganz kurz weh.

BÄM!

Was ist denn hier los?
Hallo?
Jemand zu Hause?
Hier müsste mal dringend aufgeräumt werden.
Das sieht ja aus wie nach meiner letzten Geburtstagsparty.

Was sollen wir hier denn rauben?
Abgefackelte Häuser abzufackeln macht keinen Spaß.
Zum Umbringen ist auch keiner da.

GRRR!

Was ist das?
Ein kleines Mädchen.
Sie hat ein Schwert.
Und einen Bogen.
Sie sieht sauer aus.

Verdammt,
das sieht nicht gut aus.
Was machen wir denn jetzt?

NICHTS WIE WEG!
ICH MUSS NICHT MEHR!
ODIN!
MAMA!

Was ... Was machen die denn da?
IHR KÖNNT DOCH NICHT WEGRENNEN!
DAS IST EIN KLEINES MÄDCHEN!
IHR SEID WIKINGER, VERDAMMT NOCH MAL!

Was für Stümper.
Hab ich was verpasst?
Haha! Du hast gar nicht gesagt, dass das so lustig wird, Pupsi!
HA HA HA

Wo wollt ihr denn hin?
OH!
Äh ...
Hallo.

Wer seid ihr?
Was wollt ihr hier?

Äh ...
Also ...
Na ja, wir ...
Papa?

W-w-w-wir sind d-d-d-d-ie F-f-f-furchtlosen.

×KICHER×

HAHAHA
HAHAHAH
HAHAHAH
HAHAHAH
HAHAHAHA
HAHAHA

Die Furchtlosen!
Ja, genau!
Rennen vor einem
Mädchen weg!
Ich kann nicht mehr!

Also, ich bin nicht vor dir weggerannt.
Ich habe nämlich keine Angst.
Und schon gar nicht vor einem Mädchen.

Das solltest du aber.
Wuff!

Im Gegensatz zu deinen Kumpels dahinten bin ich nämlich tatsächlich furchtlos.

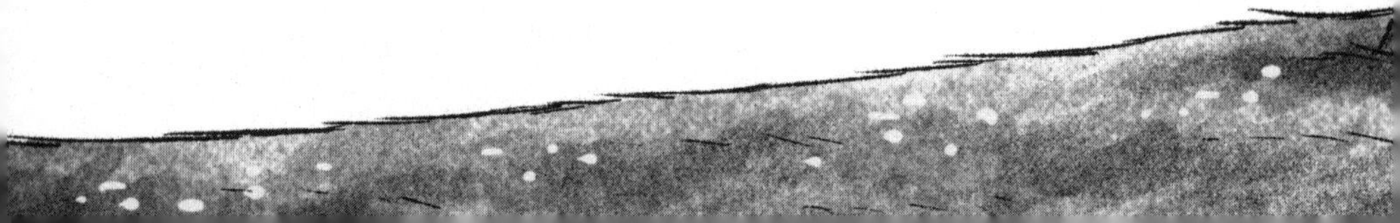

Zieh an ihren Haaren!
Hau sie, Ole!
Sag, dass sie doof ist!
Tritt ihr ans Schienbein!

Wir sind wirklich die Furchtlosen. Den Namen hat sich meine Mama ausgedacht.
Wir sind Wikinger. Das ist unser erster Raubzug.
Offenbar müssen wir aber noch ein bisschen üben.

Ein bisschen wird da nicht reichen.
Ihr seid die lausigsten Wikinger,
die ich jemals gesehen habe.
Die größten Hasenfüße der Weltscheibe.
Und außerdem noch viel zu spät dran.
Spät dran?

Na, seht euch doch mal um.
Wir wurden schon gestern
von echten **Wikingern**
geplündert und abgefackelt.
Was wollt ihr denn hier noch rauben?
Es ist nichts mehr da!
Sie haben sogar meine Eltern
mitgenommen!
Und alle anderen sind geflüchtet.
Ich bin nur noch hier,
weil ich **Fenri** vergessen hatte.

Er heißt Fenri?

Komm mal her!
Du bist ja ein Hübscher.
GRRR

Vor allem ist er wild.
Er kann dir mit einem einzigen Biss den Kopf abreißen.
Und er mag keine Fremden.
An deiner Stelle wäre ich also lieber vorsichtig.

Den Kopf abreißen,
hab ich gesagt.
Nicht abschlecken.
Du kleiner Verräter, du.

Ihr könnt ruhig herkommen!
Sie tut euch nichts!
Bist du sicher?

BUH!
kicher
kicher

! ! !
Jetzt kommt schon.

Mein Vater fragt, ob du uns beibringen kannst, so furchtlos zu sein wie du.

Hmmm ...
PLING
Klar kann ich das!

Aber nur unter einer Bedingung.
Ihr müsst alles machen, was ich sage.
Abgemacht!

Okay,

dann fangen wir am besten gleich mal an.
Um wirklich furchtlos wie ich zu werden,
müsst ihr zuallererst eine Sache lernen!

Ich weiß es! Jeden Tag zehn Liegestütze!
Vor dem Raubzug unbedingt pinkeln gehen?
Beim Brüllen nicht zu spucken?
Keine Siedlung anzugreifen, in der es kleine Mädchen gibt?

Alles falsch!
Das Wichtigste, das ihr erst mal lernen müsst, ist ...
AUFRÄUMEN!

Aufräumen?
Klingt kompliziert.
Bist du sicher?
Das macht zu Hause immer meine Mama.

Ihr müsst mir schon vertrauen. Der erste Schritt zu einem furchtlosen Leben ist Ordnung. Macht alles sauber, repariert die Häuser und flickt die Dächer. Ich bin mal kurz weg. Wenn ich zurückkomme, ist hier alles picobello. Haben wir uns verstanden?

Ihr habt's gehört, Männer! Nur wer aufräumt, kommt nach Walhalla!
Packen wir's an!

Wo gehst du hin?
Ich hole die anderen!
Kann ich mitkommen?
Von mir aus.
Wie heißt du eigentlich?
Freya.
Ich weiß, was du machst, Freya.
Ich auch. Ich laufe.
Du weißt genau, was ich meine.
Nö, weiß ich nicht.
Du willst uns reinlegen.
Ach ja? Wie denn?

Durch Aufräumen lernt man nicht, furchtlos zu sein. Durch Aufräumen lernt man nur Aufräumen.
Das stimmt. Aber Aufräumen ist besser als Plündern, Brandschatzen und Leute umbringen, oder?

Hm. Irgendwie schon.
Ich bin auch lieber nett zu den Leuten.
Aber Papa hat gesagt, wir sind Wikinger.
Und Wikinger müssen gemein und gefährlich sein.
So ein Quatsch.
Niemand muss gemein und gefährlich sein.

WAS?

**Die spinnt wohl!
Natürlich müssen Wikinger
gemein und gefährlich sein!
Sonst sind es doch
keine Wikinger!**

Wirst du mich verraten?
Hm, lass mich mal überlegen.
Nein, natürlich nicht.
Ich werde dir sogar helfen.
Was, echt? Das ist ja super!
Ich habe auch schon eine Idee.

HÄMMER
BOING!

NNNNGGGG!
AAAAAAH!

AUA!
HÄ?
HILFE!

Lasse, du Faulpelz!
Du darfst ruhig
auch mit anpacken!
Würde ich ja gern.
Aber ich muss schon wieder.
Ganz dringend.
KRRRRRK

Dann geh doch einfach da drüben an den Baum.
Ich kann aber nur drinnen pinkeln.
Warte, ich habe eine Idee!
Bragi! Kannst du mir bitte mal helfen?

KLOPF-KLOPF!
HÄMMER!
KRACH!
BUMM!

So, fertig! Ich präsentiere ...

... das erste und bislang einzige
WIKINGER-
CLOSET!

Das ist ein Örtchen, wo du ungestört pinkeln kannst.
Oh, das ist wirklich eine tolle Erfindung!
Aber wie komme ich da rein?
Kein Problem. Ragnar! Kommst du mal?

Und? Wie ist es?

Keine Ahnung.
Es ist
stockfinster
hier drin.

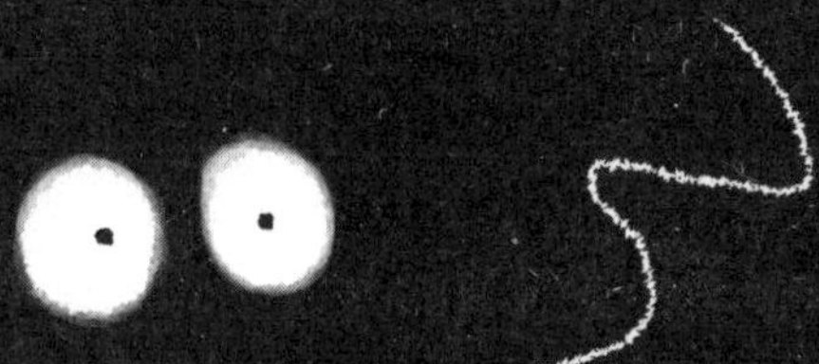

Moment!

PLING
PLONG

Besser?

Perfekt!
Ooooh, tut das gut!

Ole und die Kleine sind zurück!
Äh ... Hallo?
Wie komme ich denn hier wieder raus?
Hallo?

Oh, ihr wart aber fleißig!
Das sieht super aus!

Ja, es ist schön geworden.
Aber ich verstehe nicht so ganz, wie uns das furchtlos machen soll.

Wartet's ab. Das war ja nur die Vorbereitung.
Ihr könnt doch kein Dorf plündern, wenn es in Schutt und Asche liegt.
Jetzt ist alles wie neu und ihr könnt es wieder kaputt machen.
Das ist perfekt zum Üben.

Deshalb habe ich ja auch die anderen geholt.

Wir müssen üben, wie man Leute umbringt?
Genau. Aber heute nicht mehr. Ich habe Hunger.
Oh ja, ich auch.
Dann lasst uns doch erst mal essen.
Leute umbringen könnt ihr morgen auch noch.

PROST
Hallo?

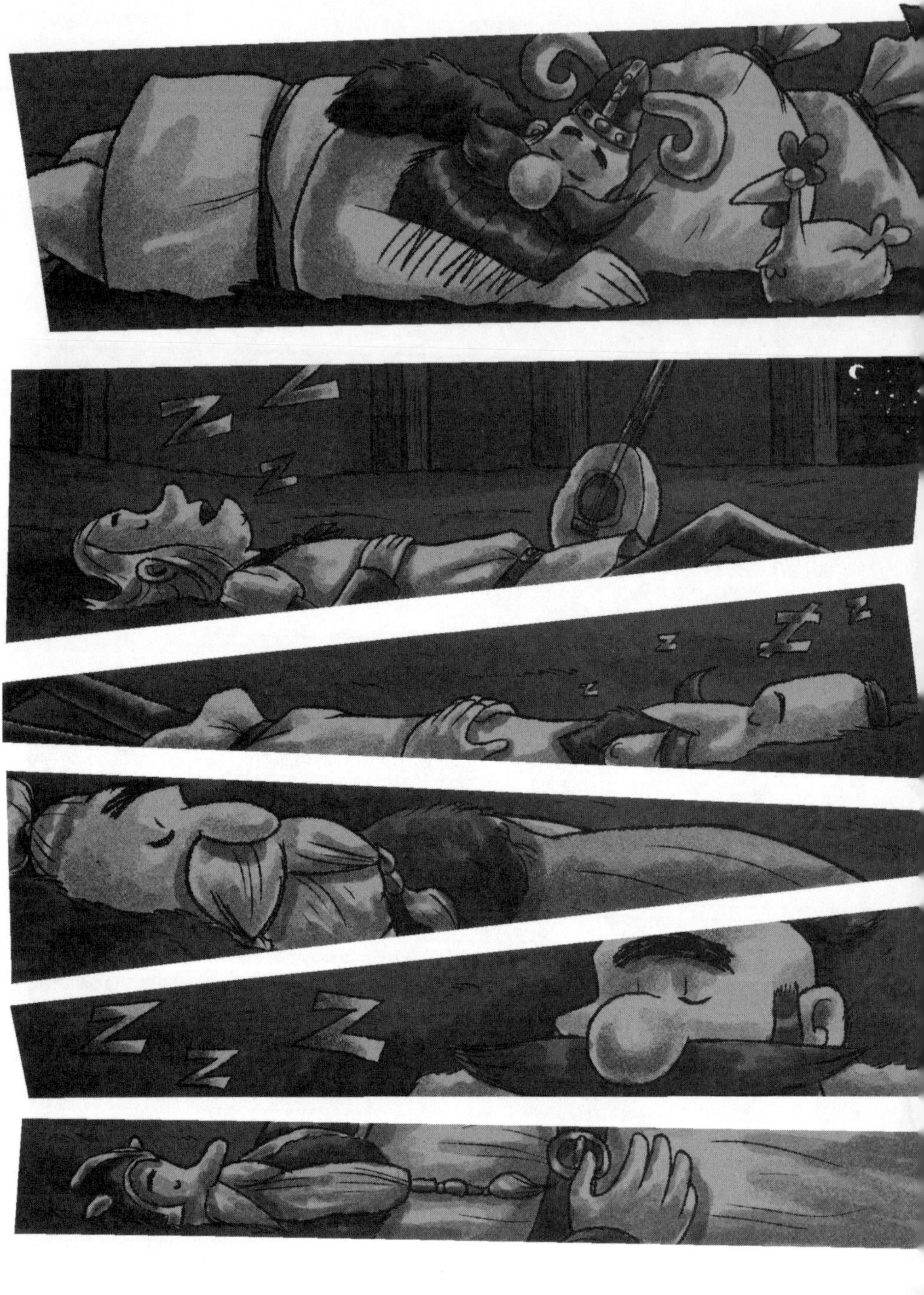

KIKERIKI!
SCHEPPER
DONG!
RAPPEL
Wuff!

LOS! ALLE AUFSTEHEN!

ICH WILL EUCH IN FÜNF MINUTEN IN VOLLER MONTUR UND BEWAFFNET VOR DER TÜR SEHEN!
JETZT WIRD GEPLÜNDERT, GEBRANDSCHATZT UND GEMORDET!

So, dann zeigt mal, was ihr könnt! Zerstört das Dorf und bringt alle um! Wenn ihr Fragen habt, wendet euch gern an mich.

GÄHN!

Was ist? Worauf wartet ihr? Wollt ihr nun böse und furchtlose Wikinger werden oder nicht? Los, zündet die Häuser an!

Ähm ...
Aber wir haben das doch gerade erst alles wieder aufgebaut.
Ja. Und das war sehr viel Arbeit.
Und es ist so schön geworden.

Na gut, dann eben nicht.
Aber dann bringt wenigstens
ein paar Leute um.

Ich habe sie doch extra
deshalb geholt.

Aber es war doch so ein schöner Abend gestern.
Ich könnte Fräulein Gudrun nie etwas antun.
Leif wollte mir doch noch Flötespielen beibringen.
Ohne Gunnar säße ich immer noch auf dem WC.

Aha, verstehe.

Ich gebe mir die größte Mühe, euch beizubringen, wie man furchtlos wird, und plötzlich habt ihr keine Lust mehr.

Doch, schon.

Aber Leute umzubringen, die nett zu einem sind, ist einfach zu schwer. Vielleicht könnten wir es erst mal woanders versuchen?
Irgendwo, wo wir keinen kennen und mögen?

Hm. Ja, das könnte man versuchen. Aber das würde ja bedeuten, dass ich mit euch kommen müsste.

Dann mach das doch!
Du kommst mit!
Oder, Papa?

Von mir aus gern.
Dann kannst du uns in aller
Ruhe beibringen, wie wir
furchtlose Wikinger werden.
Oder was meint ihr, Männer?

JAAAAAAA!
FREYA!
YIPPIE!

Okay, ich komme mit und bringe euch bei, die schrecklichsten Wikinger aller Zeiten zu werden. Unter einer Bedingung.

Wir suchen gleichzeitig nach meinen
Eltern.

Das machen wir!
Wir finden deine Eltern, versprochen!
Und dann treten wir diesen miesen Entführer-Wikingern kräftig in den Hintern!
JAAAAAA!

Macht's gut!
Fahrt vorsichtig!
Passt auf euch auf!

Wir kommen wieder!

Dein Plan hat super geklappt.
Du hast mir ja auch super geholfen.
Wie geht es jetzt weiter?
Ganz einfach.
Wir machen aus diesem Haufen die liebenswürdigsten Wikinger der Welt!

ALLE IN DECKUNG! DIE FURCHTLOSEN KOMMEN!

Die Furchtlosen? Wohl eher die Hirnlosen!
Dieses Mädchen macht meine Wikinger kaputt!
Ich finde sie ganz wunderbar!
KICHER KICHER
Nicht mehr lang!
Thor! Lass da unten sofort Felsbrocken regnen!
THOR?

HA
HA
HA
Z
Z
Z
Z
Also, ich bin schon
sehr gespannt,
wie es weitergeht.
Ihr auch?
ENDE

DØMINIK RUPPSSON

geb. im Jahre 989 im dänischen Ølm,
studierte Axtschwingen mit dem Schwerpunkt Eisskulptur an der Flachhochschule Münster. Seit 1012 arbeitet er für zahlreiche renommierte Vandalen. Heute lebt und brandschatzt er mit seiner Familie auf einem Fjord in Aachen.

JØCKEL TILLSSON

geb. im Jahre 966 im schwedischen Frønkført, autodidaktischer Plünderer mit dem Schwerpunkt Konditoreien. Seit 997 arbeitet er vergeblich an einem Ruf als nordische Gottheit. Heute lebt er in ständigem Disput mit seinem Egø vor den verschlossenen Pforten von Asgard.

Band 2
ISBN 978-3-7432-1122-2

Loewe Wow meets Minecraft: Der zweite Band der spannenden Kinderbuch-Reihe für Jungs und Mädchen ab 8 Jahren überzeugt durch ganz viel Action, Humor und coole Schwarz-Weiß-Illustrationen in der bekannten Minecraft-Optik. Die perfekte Mischung für alle Fans des Computerspiels und von Abenteuergeschichten!

LOEWE WOW!

FSC
www.fsc.org
MIX
Papier aus verantwortungsvollen Quellen
FSC® C014496

ISBN 978-3-7432-1076-9
1. Auflage 2022

Bühlstraße 4, D-95463 Bindlach
Umschlag- und Innenillustrationen: Dominik Rupp
Textgestaltung: Dominik Rupp
Umschlaggestaltung: Michael Dietrich
Dieses Werk wurde vermittelt durch die Agentur Brauer.
Printed in the EU

www.loewe-wow.de